Angela Roil

W0317991

Splitter der Sehnsucht

Frederik - Lebensweg einer Ameise

edition nove

Dieses Buch wurde digital nach dem neuen „book on demand" Verfahren gedruckt. Für den Inhalt und die Korrektur zeichnet der Autor verantwortlich.

© 2008 edition nove, Neckenmarkt
Printed in the European Union
ISBN 978-3-85251-344-7

Gedruckt auf umweltfreundlichem, chlor- und säurefrei gebleichtem Papier

www.editionnove.de

Ameisen sind auch nur Menschen! Ganz genau! In dieser Geschichte stehen sie als Synonym für eine ganz normale Familie. Sie sehnen, träumen, hoffen und irren..., genau wie wir. Und sie suchen nach dem Glück. Wie wir Menschen.

Doch was ist Glück? Und wo soll man es suchen? Ist es irgendwo da draußen in der großen weiten Welt zu finden? Oder ist das Glück vielleicht ein Gefühl, dass ganz nah ist? So nah, das wir es nicht sehen können? Wir können es nicht sehen, weil es in unserem Herzen wohnt. Doch wir können es spüren. Und wir können es wachsen lassen, indem wir es mit Anderen teilen.

„Splitter der Sehnsucht“ ist eine Geschichte über die lebenslange Suche nach dem sogenannten Glück, die Suche nach uns selbst.

Es ist eine Geschichte für Kinder, Jugendliche und für alle Leser, die im Herzen junggeblieben sind. Eine Geschichte für uns Erwachsene, die das Kind in sich noch nicht ganz vergessen haben.

Es ist ein Buch über das Leben, die Liebe, über die Kraft der Träume. Über Verirrungen und die Sucht nach Abenteuern und Anerkennung. Über die Kunst des Verzeihens und vor allem, über die Suche eines Jeden nach seinem Platz im Leben.

Frederik

In dem kleinen Ameisendorf „Krabbelhausen" lebt Frederik mit seiner Familie. Für Ameisen ist das nichts Außergewöhnliches. Ameisen leben nicht gern allein. Allein sind sie hilflos und schutzlos dem Leben ausgesetzt. Eine Ameise allein ist zu nichts nütze. Erst gemeinsam sind sie stark.

Und hier in Krabbelhausen, in Nachbarschaft mit vielen anderen Ameisenfamilien lebt auch Frederik.

Frederik ist ein sehr glückliches kleines Ameisenmännchen. Er ist klug und ehrlich, mutig und manchmal auch sehr stolz. Und das zu Recht. Hat er doch mit seinen eigenen Händen für sich und seine Familie einen kleinen, aber wunderschönen und sehr zweckmäßigen Ameisenhügel gebaut. Frederik ist sich sicher, es ist der schönste in ganz Krabbelhausen. Dabei ist es sein erster eigener Ameisenhügel.

Hier lebt er nun schon seit langer, langer Zeit mit Marie, seiner hübschen Frau, mit seinen beiden quirlig- lebhaften Ameisenkindern Felix und Susi, und mit Florian, der Babyameise, den alle einfach nur „Flo" rufen. Seine kleine Familie ist sein ganzer Stolz.

Er hat die entzückendste Ameisenfrau von ganz Krabbelhausen an seiner Seite. Alle, ja wirklich alle jungen Ameisenmännchen haben einst um ihre Hand angehalten. Marie jedoch hat sich damals für ihn, für Frederik entschieden. Frederik war nicht das schönste und auch nicht das

stärkste Ameisenmännchen in Krabbelhausen. Doch Marie sah vom ersten Augenblick an etwas ganz Besonderes in ihm. Etwas, das außer ihr niemand sehen konnte. Sie sah ihn mit den Augen des Herzen.
Frederik war so ganz anders, als die anderen Ameisen. Ja, er fühlte sich oft als Fremdling unter seinen Artgenossen. Frederik war schon immer eine verträumte kleine Ameise. Und die Fähigkeit, mit offenen Augen zu träumen, ohne sich dafür zu schämen, diese Fähigkeit hat er sich bis heute bewahrt.
In Gedanken versunken konnte er schon früher, als er noch eine ganz junge Ameise war, einen Schmetterling in seinem anmutigen Flug bestaunen. Wie er sich hier und da auf einer Blüte niederlässt, zärtlich ihre Kelchblätter liebkost und von Zeit zu Zeit majestätisch- stolz seine prachtvollen Flügel öffnet. Meist gesellt sich bald ein zweiter Schmetterling dazu und beide Schmetterlinge tanzen engelgleich in einer Art Liebestanz um die Blüte. Dann purzeln viele, viele Fragen in Frederiks Kopf herum. „Wozu gibt es nur sooo viele verschiedene Arten von Schmetterlingen? Diese Vielfalt, und jede Art ist auf ihre Weise einzigartig. Mal bunt schillernd, mal unauffällig und einfarbig. Und doch sind sich alle Schmetterlinge ähnlich.“
Staunend beobachtet er die Natur und ihre Wunder. Immer neue Rätsel tauchen auf. „Wie ist es möglich, dass ein Schmetterling fliegen kann, ohne vom Himmel zu fallen?“

Er, Frederik hat es selbst nur ein einziges Mal versucht. Er ist auf ein kleines Gänseblümchen gekrabbelt, hat beide Arme wie Flügel weit ausgebreitet und...
Leider hat es bei ihm nicht funktioniert. Unsanft ist er auf seinem Po gelandet. Dennoch, er hat es wenigstens versucht. Dabei hat er etwas Wichtiges gelernt. Eine Ameise kann nicht fliegen.
Oft und gern sieht er auch den vorüberziehenden Wolken hoch oben am Himmel zu, die wie weiße, fluffige Wattepüschel langsam über den Horizont zuckeln und dabei wieder und immer wieder ihre Formen verändern. Manchmal, wenn er lange genug diese Wattepüschel beobachtet, kann er sehen, wie aus ihrer Mitte eine Miniwolke geboren wird. Der kleine Zwerg nabelt sich ab vom Knäuel der Wolkenfamilie, wie vorwitzige, neugierige Kinder das von Zeit zu Zeit tun, um ihren Weg allein zu finden, um Abenteuer zu erleben und für einen kostbaren Moment das Gefühl der Freiheit zu spüren. Das kleine Wölkchen bleibt ein Stück zurück, ganz so, als beobachte es erstaunt das lustige Treiben unter sich. Bis dann der kraftvolle Atem des Windes diesen kleinen Ausbrecher zurück zur Wolkenfamilie pustet, damit auch alles wieder seine Ordnung hat.
Dann, wenn Frederik sehnsüchtig zum Horizont schaut, verspürt er nur den einen Wunsch. Einen etwas seltsamen Wunsch, zumindest für eine Ameise.
„Ich möchte nur mal für einen einzigen Tag eine Wolke

sein. Ich möchte fühlen, wie eine Wolke fühlt. Ich möchte schwerelos hoch oben am Himmel schweben. Und ich möchte wissen, was die kleinen Wölkchen auf ihrer langen Reise sehen. Es muss doch faszinierend sein, die Welt von soo weit oben zu betrachten!"

Oft, sehr oft denkt Frederik über die Bedeutung und den Sinn des Lebens, seines Lebens nach.

„Weshalb bin gerade ich eine Ameise? Warum kein Schmetterling? Oder eine Biene? Wo ist mein Platz im Leben? Und welche Aufgabe soll ich hier erfüllen?"

Fragen über Fragen beschäftigen Frederik Tag ein Tag aus. Wie in einem Flohzirkus springen die Gedanken in seinem Kopf herum. Hüpfen auf und ab, knallen gegen das Schädeldach, purzeln herunter, schütteln sich, verändern sich und nehmen Anlauf zum nächsten Sprung.

Die anderen Ameisenmännchen mit ihrem Imponiergehabe können Frederiks Schwärmereien und seine Nachdenklichkeit nicht verstehen. Schon früher belächelten sie ihn oft. Meist war gerade er, Frederik, das Ziel ihres Spottes und Opfer ihres Hohns. Sein Verhalten war ihnen fremd.

„Was bist du denn für eine merkwürdige Ameise?" hörte er oft von ihnen. „Wir Ameisen sind von morgens bis abends fleißig und füllen unsere Vorratskammern für den Winter. Und du? Du vertrödelst den ganzen Tag!"

Derart kritische Bemerkungen ließen Frederik natürlich nicht ganz kalt. „Ich bin eben anders, als die anderen

Ameisen!“ dachte er traurig. „Den ganzen Tag nur Vorräte sammeln, sammeln, sammeln und sammeln...? Oje, oje! Kann das der Sinn des Lebens, meines Lebens sein?“ Einige seiner Artgenossen verspotteten ihn auch ganz offen und unverblümt.

„Na Frederik, jetzt beobachtest du diesen Schmetterling schon so lange. Kannst du nun endlich fliegen? Hi hi hi ! Wem nützen deine Träumereien? Auf diese Weise wirst du es zu nichts bringen. Wie willst du jemals eine Frau finden. Du hast ja noch nicht einmal eine Vorratskammer! Hahaha!“ lachten sie dann höhnisch.

Oftmals fühlte sich Frederik unter ihnen sehr, sehr einsam. Er spürte, irgendwie gehörte er nicht dazu. In solchen Momenten lauschte er dem Flüstern des Windes, dem Murmeln des Wassers und den wispernden Stimmen des Waldes. Und er wünschte sich so sehr einem Freund. Träumte von Jemandem, der ihn verstand, mit dem er über all die Dinge reden konnte, die ihn in seinem Innersten beschäftigten.

Dieser Wunsch wuchs in seinem Herzen, wurde größer, bis die Sehnsucht ihn fast erdrückte.

Eines Tages, Frederik stand gerade mal wieder auf seinem Lieblingshügel und beobachtete die Wolken, geschah etwas ganz Merkwürdiges. Er hatte es schon den ganzen Morgen über gespürt. Von einer inneren Unruhe erfasst, zog es ihn förmlich hier her, an diesen Ort. Er hielt wie immer Ausschau nach...

Ja wonach suchte er eigentlich? Das konnte er sich selbst nicht so genau erklären.
Frederik stand auf dem kleinen Hügel am Rande von Krabbelhausen, sah auf seine Heimat herab und herauf zur blauen Weite des Horizonts. Er beobachtete die Wolken und lauschte dem Flüstern des Windes.
Mit leisem Säuseln erzählte dieser ihm von einer ganz besonderen Begegnung. Und siehe da...
An diesem Tag begegnete ihm Marie. Der Wind hatte sie nach Krabbelhausen gepustet. Auf einem Lindenblatt segelte sie vom Himmel, landete auf Frederiks Lieblingshügel und purzelte ihm direkt vor die Füße.
„Hoppla, hui! Das war toll! Ich bin geflogen. Frei wie ein Vogel. Ich war den Wolken so nah."
Flink rappelte Marie sich auf und putzte sich den Staub vom Gesicht. „Was für ein Gefühl!"
Noch etwas atemlos und übermütig blitzten ihre Augen Frederik an. „Hallo du, ich bin Marie."
Da war sie, diese Magie, die das Leben von einem Moment zum nächsten verändern kann.
Vom allerersten Augenblick war Frederik angetan von ihrem heiteren fröhlichen Wesen, von ihrem Lachen, von ihrer Herzlichkeit. Doch das war noch nicht alles.
Marie hatte eine ganz besondere Gabe. Sie konnte auf einem ganz gewöhnlichen Grashalm eine wundervolle Melodie spielen. Bezaubernde Töne, die seine Seele berührten. Diese Melodie verwandelte selbst die wildesten

und rücksichtslosesten Ameisenmännchen in charmante Kavaliere. Sie schwänzelten wie verliebte Marienkäfer um Marie herum.
Auch Frederik bemühte sich sehr um Marie. Jeden Morgen, gleich nach Sonnenaufgang, besuchte Frederik die noch schlaftrunkenen Grashalme auf der Wiese hinter Krabbelhausen um das frische Morgentau von ihrer glatten Haut zu sammeln. Diesen köstlich erfrischenden Trunk brachte er Marie zum Frühstück.
Marie bedankte sich dafür bei ihm mit dem allerschönsten Lächeln, das Frederik je gesehen hat. Dieses Lächeln ließ seine Ängste schmelzen, ließ den Keimling der Liebe in seinem Inneren erblühen.
Seit ihrer allerersten Begegnung fühlte er sich überaus wohl in ihrer Gegenwart. Ihr konnte er von seinen Träumen erzählen. Sie lachte ihn nicht aus, schaute ihn auch nicht spöttisch an. Marie verstand ihn. Gemeinsam erdachten sie Bilder in den Formen der Wölkchen am Himmel. Sie lauschten dem Zirpen der Grillen im Gras, dem Säuseln des Windes und dem Lied der Vögel in den Bäumen. „Hör nur, Frederik! Hörst du dieses melodische Zwitschern? Mit diesem Lied gesteht das kleine Vögelchen seiner Partnerin seine Zuneigung. Singt er nicht wunderschön?“ Dabei schaut ihm Marie tief in die Augen und ein Strahlen erhellt ihr Gesicht. „Oder jetzt! Da! Auf der alten Eiche. Hörst du das Finkenpärchen zwitschern? Sie haben bereits Junge. Mit ihren Rufen geben sie ihren Babys ein

Gefühl der Sicherheit und Geborgenheit. So wissen die Jungen immer, dass ihre Eltern in der Nähe sind. Wusstest Du, dass die Vogeljungen bereits im Ei, lange bevor sie schlüpfen, die Stimmen ihrer Vogeleltern erkennen?“

Marie wusste so viel über die Tiere des Waldes. Sie verstand ihre Sprache und konnte fühlen, wie sie fühlen. Frederik war mehr als nur fasziniert von Marie. Jede Minute des Tages wollte er nur mit ihr verbringen. Wenn er ihr in die Augen sah, sah er dieses unglaubliche Leuchten.

Ein Funkeln, ein unglaublicher Glanz, wie das Glitzern von Sternenstaub. Sternenstaub ist etwas sehr seltenes. Man sieht ihn nur in einer klaren Augustnacht, in der Nacht der Sternschnuppen. In der einen Nacht, in der sich Wünsche erfüllen können.

Frederik genoss jeden Augenblick, den er in Maries Nähe sein konnte.

Wenn Marie auf ihrem Grashalm spielte, hielten die Tiere des Waldes den Atem an. Diese Melodie berührte Frederik tief in seinem Inneren und brachte auch in ihm etwas zum Klingen.

Auch die anderen jungen Ameisenmännchen warben um Maries Gunst. Sie suchten ihre Nähe, so oft es ging. Prahlten mit ihren vollen Vorratskammern und schenkten Marie das größte Korn und die süßesten Beeren. Frederik dagegen hatte noch nicht einmal eine eigene Vorratskammer. Manchmal schämte er sich dafür, glaubte, nicht gut genug zu sein. Er hatte ihr nur sein Herz voller

Liebe und seine Träume zu geben.
Doch Marie verliebte sich in ihn, vielleicht gerade deshalb. Sie war fasziniert von Frederiks verträumtem, tiefsinnigem Wesen. Sein etwas ungeschicktes und unsicheres Auftreten störte sie in keinster Weise. Es gehörte zu Frederik, es passte zu ihm. Und Frederik gefiel ihr, gefiel ihr sehr. All die anderen Ameisenmännchen interessierten sie nicht so sehr, egal wie oft sie auch um ihre Gunst buhlten. Dabei war Marie zu allen sehr nett und herzlich. Lachte und scherzte mit jedem. Doch nur Frederik sah sie auf diese ganz besondere Art an. Nur bei ihm glitzerte der Sternenstaub in ihren blanken Augen, wann immer sie Frederik sah. Allein der Gedanke an ihn zauberte ein Lächeln in ihr Gesicht.
„Du bist etwas ganz Besonderes, Frederik!“ Sagte Marie eines Tages zu ihm. „Unsere Liebe ist etwas Besonderes. Sie wird wachsen. Und sich verändern. Ja! Sie wird sich verändern, so wie alles im Leben sich verändert. Und doch wird sie immer da sein. Sie wird uns miteinander verbinden. Mal wird sie wie eine Wolke hoch über uns schweben, mal wie ein Schmetterling um eine Blüte tanzen. Manchmal werden wir sie gar nicht wahrnehmen, weil sie einfach still wartend, die Stürme des Lebens über sich hinweg ziehen lässt. Dann wird sie aufs Neue erblühen und uns mit ihren Strahlen wärmen. All das möchte ich mit dir gemeinsam erleben.
Sollte das Leben uns auch mal trennen, ich werde dich im-

mer in meinem Herzen tragen."
Dieses Versprechen gab Marie ihrem Frederik vor langer Zeit. So kam es, das aus den beiden schnell ein Paar wurde. Bald schon waren sie nicht mehr nur zu Zweit. Zuerst kam Felix, dann Susi. Und vor kurzem hat Florian, die Babyameise das Licht der Welt erblickt. Ihre Liebe hat ihnen drei reizende Ameisenkinder geschenkt.

Berührungen
so leicht, wie eine Feder im Wind.
Ein inneres Leuchten
unsere Körper zum Strahlen bringt.
Unsere Liebe
in ihrer stillen Eleganz
lässt die Welt erstrahlen
in neuem Glanz.

An ihrer Liebe hat sich bis zum heutigen Tage nichts geändert. Sie ist gewachsen, ist beständig geworden. Noch immer ist Marie anmutig und liebreizend, klug und fleißig. Und sie hat ein liebevolles, gütiges Wesen. Sie hat sich den Raum für Träume tief in ihrem Herzen bewahrt. Und dieses Herz schlägt für Frederik. Auch Frederik liebt seine Familie. Wenn er an sie denkt, wird ihm ganz warm ums Herz. Er ist glücklich und meist auch zufrieden mit seinem Ameisenleben.

Doch das sollte sich eines Tages ändern...

Sehnsucht

Wie an jedem Morgen läuft Frederik gleich nach dem Frühstück zu seinem kleinen Gemüsegarten. Dafür muss er ziemlich weit laufen, denn der Garten liegt am Waldrand, am anderen Ende von Krabbelhausen. Dort, am Fuße einer kleinen Anhöhe hat er liebevoll seine Kartoffelbeete angelegt und frischen Löwenzahn gepflanzt.

Frederik liebt diesen Platz. Hier, genau hier ist ihm Marie zum ersten Mal begegnet. Hier hat er sich in sie verliebt. Viele, viele Stunden haben sie auf diesem kleinen Hügel gesessen und sich ihr gemeinsames Leben in den buntesten Farben gemalt.

Für ihn ist dieser Ort noch immer ein Ort der Ruhe und Besinnlichkeit. Von hier oben kann er weit in die Ferne schauen. Hier gibt er seinen Träumen Raum zum Wachsen und schickt seine Gedanken auf eine lange Reise. Ein Vergnügen, für das er in letzter Zeit nur selten eine Möglichkeit findet. Schließlich muss er für seine Familie sorgen.

So eine Ameise hat sehr, sehr viele Aufgaben. Die Vorratskammer muss für den Winter gefüllt werden. Der Ameisenhügel muss abgedichtet werden, damit kein

Regenwasser in die Schlafkammer läuft. Die Ameisenkinder müssen versorgt werden. Und... das ist das Wichtigste, die Kleinen müssen all das lernen, was kleine Ameisen zum Überleben wissen müssen. Keine leichte Aufgabe für einen Ameisenvater. Zeit zum Faulenzen bleibt da kaum.

Doch in den wenigen und für ihn so kostbaren Augenblicken der Ruhe, hier oben auf seinem Lieblingshügel, den Wolken so nahe, hier spürt er manchmal dieses merkwürdige Ziehen im Herzen..., eine Art Sehnsucht. Fernweh?

„Wie gern würde ich wissen, was hinter diesem Wald ist. Ist die Welt dort wirklich schon zu Ende? Oder leben dort vielleicht noch viele andere Ameisen? Und wenn, wie leben sie dort? Sind sie glücklich oder traurig? Friedlich oder eher kämpferisch? Warten dort verlockende Abenteuer auf mich?“ Dann verweilt er einen Augenblick, lauscht dem Flüstern des Windes, genießt das flüchtige Gefühl der Freiheit und schwelgt in seinen kleinen Träumereien.

So auch an diesem Morgen ...

Wir wollen uns finden in der Welt,
irren suchend,
tastend
durch das Leben.
Folgen irrlichtergleich
taumelnd – tanzend
dem verlockenden Ruhm von Spaß und Geld.
Doch dann…
in einem lichten Augenblick,
halten wir inne,
ruhen, rasten,
fühlen, spüren,
wie sie sich findet,
in uns
die Welt…

Lisa

Plötzlich hört Frederik ganz in seiner Nähe bezaubernden Gesang. Helle, zart- klingende Töne verschmelzen zu einer wunderschönen Melodie. Frederik schaut sich verwundert um.

„Woher kommen diese berauschenden Klänge?“

Da!!! Am Fuße des kleinen Hügels, direkt hinter den Kartoffelpflanzen, entdeckt er sie.

Lisa ...!

Lisa ist ein überaus reizendes Ameisenmädchen. Lange Haare, verlockendes Hinterteil, und diese betörende Stimme.

„Guten Morgen, wer bist du?“ fragt Frederik erstaunt. „Ich habe dich noch nie hier gesehen!“

„Ich bin Lisa. Und du?“ Lisa sieht ihn neugierig an. „Hast du auch einen Namen?“

„Fre...Fre...Frederik, ich bin, äh...mein Name ist Frederik!“ stottert Frederik und errötet leicht.

Lisa lacht. Oh, welch ein Lachen. Tausend kleine Glöckchen könnten nicht schöner klingen.

„Frederik...! Schön dich kennenzulernen.“ Kokett lächelt sie ihm zu.

„Diese Stimme, diese unglaubliche Stimme.“ Frederik stockt der Atem.

„Komm, Frederik! Leg dich für einen Moment zu mir ins

Gras. Erzähl` mir etwas von dir. Lass uns zusammen träumen."

Das lässt sich Frederik nun nicht zweimal sagen. Noch etwas scheu setzt er sich zu Lisa auf die vom Morgentau feuchte, kühle Wiese.

„Dieses Lied, dieses wunderschöne Lied! Würdest du es noch einmal für mich singen, Lisa?" bittet Frederik. „Später vielleicht! Mal sehen!" antwortet ihm Lisa. „Jetzt habe ich dazu keine Lust!" Genüsslich räkelt sie sich im Gras.

„Dann erzähl mir doch etwas über dich, bitte!" Frederik lässt nicht locker. „Wer bist du? Und woher kommst du?" Lisa genießt die Aufmerksamkeit, die Frederik ihr entgegen bringt, sehr. Und so beginnt sie, ihm von ihrem aufregenden Leben zu erzählen.

„Ich bin überall und nirgends zu Hause. Meine Heimat, dass sind die Wiesen und Wälder, die Berge und Täler. Mir liegt die ganze Welt zu Füßen." Verträumt blinzelt sie zu Frederik herüber. „Und ich bin eine Künstlerin. Eine Lebenskünstlerin und eine große Gelehrte. Ich beherrsche die große und schwer erlernbare Kunst der pseudo- intellektuellen Rhetorik."

„Wow", staunt Frederik, „die Kunst der pseudo-...was?" Davon hatte er noch nie gehört. „Sie muss wirklich etwas ganz Besonderes sein", denkt er und fragt weiter. „Bist du etwa ganz allein unterwegs? Wo ist deine Familie, deine Freunde?"

Lisa lacht. „Was soll ich denn mit einer Familie? Ich brauche niemanden. Ich bin frei! Und ich genieße meine Freiheit mit jedem Atemzug.“
„Freiheit!!!“ Bei diesem Wort verspürt Frederik wieder dieses merkwürdige Ziehen im Herzen.
„Wie fühlt sie sich an, die Freiheit? Spürt man dabei eine ungeheure Leichtigkeit? Eine Weite, so hoch wie der Horizont? Oder ist es eher wie in einer riesigen leeren Bärenhöhle, in der man sich schutzlos und verloren fühlt? Lisa sag, fühlst du dich nicht manchmal auch sehr einsam?“
„Einsam?“ Lisa schüttelt heftig den Kopf. „Nein! Nie! Freiheit ist die Kunst, so zu leben, wie man will. Man muss auf niemanden Rücksicht nehmen und man muss niemals jemanden um Verzeihung bitten.“
Frederik ist sprachlos. Nachdenklich und fragend sieht er Lisa an.
„Gibt es denn keinen, den du lieb hast?“ fragt Frederik erneut.
„Oh doch! Natürlich! Ich, ich habe mich lieb! Das genügt!“
„Dann gibt es wohl auch niemanden, der dich liebt?“ Frederik klingt besorgt.
„Doch, doch! Natürlich! Schau mich nur an! Alle bewundern mich!“ Keck schaut ihm Lisa ins Gesicht. „Du doch auch!? Überall habe ich Freunde, gute Freunde.“ Wieder ertönt Lisas betörendes Lachen, wie das leise Klingen tausend kleiner Messingglöckchen. Dabei wirft sie

ihr Haar zurück, so dass es wie Seide an ihrem kleinen Ameisenkörper entlang gleitet.

„Ich erlebe jeden Tag ein neues Abenteuer. Nie bleibe ich lange an einem Ort. Ich bin ein Kind des Windes. Er bestimmt meine Richtung. Von ihm lass ich mich führen. Ich genieße die Magie des Augenblicks."

Fasziniert lauscht Frederik dem Klang ihrer Stimme. Seine Bewunderung wächst mit jeder Minute...

Die Zeit mit Lisa vergeht wie im Fluge. Die Sonne hat ihren täglichen Ausflug vom östlichen zum westlichen Himmelsbogen fast beendet. Frederik wird zunehmend unruhiger.

„Zu Hause wartet Marie sicher schon mit dem Abendessen", denkt er. Leise Schuldgefühle murmeln in seinem Bauch.

„Ich muss jetzt gehen" sagt Frederik mit trauriger Stimme. „Sehen wir uns wieder, Lisa?"

Lisa sieht ihm lange und tief in die Augen. „Morgen früh, wenn der erste goldene Sonnenstrahl die Spitze der Baumkrone berührt, bin ich wieder hier..."

Verführerisch lächelt sie Frederik zu. „ Komm mit mir, wenn du möchtest! Aber sei pünktlich! Das Abenteuer wartet nicht auf dich!"

Lachend läuft Lisa davon.

Noch einmal hört er ihr helles Lachen, dann ist sie im schattigen Dunkel des kleinen Wäldchens verschwunden. Verwirrt und nachdenklich trottet Frederik nach Hause. Noch immer hat er Lisas betörenden Gesang im Ohr.

Marie

Wie jeden Abend hat Marie die Mahlzeit für ihre Familie zubereitet. Sie hat wie immer liebevoll den Tisch gedeckt und Frederiks Lieblingsspeise gekocht. Köstlicher Duft zieht durch den Ameisenhügel und schafft eine behagliche Atmosphäre.

Und weil das Auge ja bekanntlich mit isst, hat Marie Frederiks Leibspeise mit den saftig- grünen Blättern frischer Sauerampfer dekoriert. Doch Frederik hat dafür kein Auge.

Mürrisch sitzt er am Abendbrottisch. Heute hat er überhaupt keinen Appetit.

„Pellkartoffeln mit Löwenzahnquark – ...schon wieder!“ denkt Frederik verdrossen. „Jeden Tag dasselbe Einerlei, dieselben Gesichter, die gleichen Gespräche... Und immer wieder Pellkartoffel..., Pellkartoffel mit Löwenzahnquark, Pellkartoffel mit Löwenzahngemüse oder Pellkartoffel mit Löwenzahnsteak. Ich habe es so satt!“

Angewidert schiebt er seinen Teller beiseite.

„Geht` s dir nicht gut?“ fragt Marie. „ Du siehst unglücklich aus.“

„Nein, nein! Es ist nichts.“ grummelt Frederik vor sich hin. „ Gar nichts!“

Beunruhigt schaut Marie ihren Frederik an.

„Sicher hatte er einen anstrengenden Tag und braucht nur

ein paar Minuten Ruhe“ denkt sie. Um ihn wenigstens etwas von seinem Kummer abzulenken und um ihn aufzuheitern, erzählt sie ihm von ihrem Tag. Erzählt von den Streichen der Kinder und von Baby Flo, der heute zum ersten Mal allein auf einen Stein gekrabbelt ist. Doch all das erscheint Frederik heute öde und so langweilig. Seine Gedanken eilen zurück, zu dem kleine verträumten Hügel am Rande von Krabbelhausen. Zurück zu den vergangenen Stunden dieses ereignisreichen Tages. Zurück zu Lisa ...

Und tief in seinem Innersten spürte Frederik, dieser Tag würde sein Leben verändern.

„Wie war dein Tag, Liebling?“ Marie reißt ihn wiederholt aus seinen Gedanken. „Du bist so still!“

„Ach! Nichts Besonderes! Was soll schon gewesen sein?“ presst Frederik zwischen den Zähnen hervor. Dabei vermeidet er es, Marie anzusehen.

„Ist Dir etwas zugestoßen?“ fragt sie zögernd weiter. „Du wirkst so niedergeschlagen. Erzähl mir, was dich bedrückt. Ich bin sicher, gemeinsam finden wir eine Lösung.“ Zärtlich fährt sie ihm über sein stoppliges Haar. Etwas in Frederik beginnt zu brodeln. Missmutig schüttelt er den Kopf.

„Es ist nichts! Ich hatte einfach nur einen anstrengenden Tag! Es war sehr heiß heute. Selbst die Erde ist von der langen Hitze völlig ausgetrocknet. Stundenlang hab´ ich unsere Pflanzen begossen, damit sie nicht vertrocknen. Und

nun lass mich endlich in Ruhe!“
„Glaubst Du etwa, ich habe den ganzen Tag gefaulenzt?“ erwidert Marie verletzt.“
„Nein! Natürlich nicht. Das habe ich auch nicht behauptet!“ antwortet Frederik gereizt. „Aber muss ich mich jetzt schon für jede Minute des Tages rechtfertigen?“ fährt er seine Frau etwas zu barsch an.
Erstaunt und ratlos schaut Marie ihren Frederik an und versucht, in seinem Gesicht zu lesen.
„Was ist nur los mit ihm?“ fragt sie sich erneut besorgt. Mitfühlend greift sie noch einmal nach seiner Hand. Doch Frederik wendet sich ab und springt mit einem heftigen Ruck vom Tisch auf.
„Was ist nur los mit mir?“ denkt er bestürzt. „Nie zuvor habe ich Marie angeschwindelt. Ich kann ihr noch nicht einmal mehr in die Augen schauen. Ihre Zuneigung kann ich plötzlich nicht mehr ertragen?! Was ist mit uns geschehen? Wo ist die Vertrautheit, die uns noch vor kurzer Zeit so innig verbunden hat? Liebe ich sie vielleicht nicht mehr?“
Entsetzt schreckt Frederik vor diesem Gedanken zurück. Er lauscht nach der Stimme in seinem Inneren. Doch diese schweigt...!
„Ist es der Alltag, der mich überrennt, mich einengt und mir die Luft zum Atmen nimmt?“ befragt er sich verstört. „Die Eintönigkeit frisst mich stückchenweise auf. Ständig muss ich Erwartungen erfüllen. Erwartungen, die andere an mich stellen. Wo bleibt da noch Raum für mich? Wann

habe ich Zeit für meine Träume! Nein! Dieses Leben mag ich nicht!" Erschrocken über diese Gedanken blickt er sich noch einmal nach Marie um. Sie füttert Flo, das Nesthäkchen.
Zermürbt und müde verlässt Frederik das Esszimmer und geht früh zu Bett.

Du stößt sie von dir,
die Seele,
die dich liebt.
Bist rastlos – irrend – ängstlich
auf der Such nach der Seele
die dich liebt!

In dieser Nacht träumt er von Lisa. Ihr faszinierendes Lachen, das ihn an den hellen Klang von tausend kleinen Messingglöckchen erinnert, begleitet ihn durch die Stunden des Schlafes. Wieder und wieder hört er ihren zauberhaften Gesang, dessen Töne ihn in ihren Bann ziehen.

Er sieht sie vor sich, wie sie ihr Haar zurückwirft, so dass es wie ein seidenes Tuch an ihrem wohlgeformten Körper entlang gleitet...

Blicke begegnen sich,
Zeit schrumpft im Minutentakt,
Erinnerungen eilen zurück.
Gedanken an vergessen- verdrängtes Leben,
Seele schwillt,
bricht auf und … sieht,
sieht das Bild,
das ich nicht malte,
das Gedicht,
das ich nie schrieb …

Aufbruch

Noch vor Sonnenaufgang erwacht Frederik mit aufgewühltem, unruhigem Herzen. Sofort muss er an Lisa denken. An den hellen Klang ihrer Stimme, an ihr liebreizendes Lachen.

„Ich muss sie wiedersehen!“ Beherrscht von dem einen Gedanken krabbelt er leise aus dem Bett.

Schnell zieht er sich an. Seine Gedanken eilen ihm voraus, zu dem kleinen Hügel am Ende von Krabbelhausen. Zu dem Ort, an dem er sie hoffentlich bald wiedersehen wird. Lisa! Frederik verlässt auf leisen Sohlen sein Heim, noch ehe seine Familie erwacht.

Sein Traum von Abenteuer und Freiheit ist zum Greifen nah, und Frederik läuft ihm freudig entgegen.

„Auf gar keinen Fall darf ich Lisa verpassen.“

Er eilt zum Hügel am Waldesrand. Schon aus der Ferne hört ihr ihren betörenden Gesang:

„Wind- komm! Spiel mit mir!
Lass mich deinen Atem spüren!
Trag mich fort! Ich flieg mit dir!
Ich will tanzen- du wirst mich führen!
Ich vertrau dir- spiel` das Spiel mit Wonne
im strahlenden Licht der nie verglühenden Sonne!“

Frederik fällt ein Stein vom Herzen.

„Lisa hat Wort gehalten. Sie ist hier, um mich wiederzuse-

hen."
Sein Herz beginnt in freudiger Erwartung zu hüpfen und zu tanzen. Schon bald verschmilzt der Rhythmus seines Herzschlages mit den Klängen Lisas Stimme. Andächtig lauscht er ihrem wundervollen Gesang. Und wieder ziehen ihn diese betörenden Klänge in ihren Bann.
Da erblickt ihn Lisa und lächelt ihm zu. „Du hast großes Glück, Frederik! Einen Herzschlag später, und ich wäre ohne dich gegangen. Doch nun komm! Ich will dir meine Welt zeigen. Deine Träume können sich erfüllen, wenn du mit mir gehst!" verspricht sie und nimmt Frederiks Hand. „Jetzt bist du frei!"
Plötzlich hat es Lisa sehr eilig. Sie zieht Frederik mit sich. „Schau nicht zurück, Frederik! Vor uns liegt die Freiheit, ein Leben ohne Zwänge und Verpflichtungen. Ich zeige dir blühende Wiesen übersät mit einem farbenprächtigen Blumenmeer. Jede dieser Blüten hat ihren eigenen Duft. Es ist wie eine Komposition der Düfte. Ein Rausch für die Sinne. Wir werden durch gelbgoldene Kornfelder spazieren und Sträucher mit saftigen Beeren entdecken. Komm schon, Frederik. Komm!"
Frederik zögert kaum merklich.
„Hinter diesem Wald befindet sich ein riesiges Erdbeerbeet", lockt Lisa weiter. „Erdbeeren, das sind köstliche Früchte. Früchte der Sinnlichkeit und des Vergessens. Leuchtend rot sind sie, himmlisch süß und doch von angenehmer Säure, saftig und doch fest im Biss. Noch nie zuvor

in deinem Leben hast du etwas derart Schmackhaftes gegessen."
Dabei sieht sie ihm tief in die Augen.
Verlegen tänzelt Frederik von einem Fuß auf den anderen.
Er weiß nicht wohin mit seinem Blick, den er, wie durch einen Bann gefesselt, nicht von ihr lösen kann.
Wie im Rausch folgt er Lisas Worten, saugt sie in sich auf, wie das Moos den warmen Sommerregen. In diesem Augenblick verspürt er nur den einen Wunsch. Er möchte mit ihr gehen, egal was kommt. Schon längst vertraut er ihr blind.

Er geht mit Lisa, ohne sich noch einmal umzusehen...

Duft der Freiheit

Öffne weit dein Augenlicht!
Erstaune!
Sieh die Schönheit der Welt.
Die Welt sich auch in dir erblickt.
Leben…
verschenkt sich an dich.
Genieße!
die Faszination des Augenblicks

Lachend und ausgelassen durchqueren beide den Wald. „Hmm, wie gut es hier duftet. Nach feuchtem Holz, nach Pilzen, nach blühendem Korn und...nach Lisa."
Begierig nimmt Frederik jeden dieser Düfte in sich auf. „Welch ein herrliches Leben!"
Auf einer Lichtung entdecken sie ein Feld mit Sonnenblumen. Leuchtend gelb, majestätisch groß und stolz rekken sie ihre Köpfe der Sonne entgegen. Sobald Frederik an ihren langen Stielen rüttelt, schenken diese Blumen ihm leckere Kerne, an denen er genüsslich knabbert. Frederik ist begeistert.
„Wie gut es doch tut, frei zu sein. Den ganzen Tag Spaß haben, keine Verpflichtung und keine Ansprüche erfüllen zu müssen."
Beschwingt und leichten Fußes geht er neben Lisa. So erreichen beide das Erdbeerbeet. Lisa hat ihm nicht zu viel versprochen. Zwischen satten Grün hängen schwere, blutrote Früchte. Und dieser Duft.

„Hmm! Frederik läuft das Wasser im Mund zusammen.
„ Verlockend!"
Nie zuvor hatte Frederik solch sinnlichen betörenden Duft wahrgenommen.
Ausgelassen toben Lisa und Frederik lachend durch die Erdbeerpflanzen. Sie necken sich, kitzeln sich mit kleinen Grashalmen, klettern auf die grünen Schirmchen der Erdbeerpflanzen und rutschen übermütig an den Stängeln wieder herunter. Bis ein kleiner Regenschauer vom Himmel plätschert.
Erschöpft suchen beide unter dem schützenden grünen Dach einer Erdbeerpflanze Unterschlupf.
Verträumt beobachtet Frederik die Regentropfen, wie sie elegant bis an den Rand des Erdbeerblattes kullern, um dann mit einem leisen "Platsch" auf dem trockenen Boden zu zerplatzen. Einige dieser Tropfen schaffen es, für einen Moment am Blattrand hängen zu bleiben. Hier kann Frederik sie für einen Augenblick voll Bewunderung betrachten. „Sie sehen aus wie kleine Kristallperlen. Der Himmel schenkt uns die Perlen der Träume", denkt Frederik beglückt.
Verliebt schaut er zu Lisa rüber, die jetzt ganz dicht neben ihm liegt. „Sie ist wirklich etwas ganz Besonderes. Ich bin ein Glückspilz." denkt Frederik in diesem Augenblick. „Bitte Lisa, erzähl mir etwas über dich! Ich möchte alles von dir wissen", bittet er leise.
Lisa, die unheimlich gern über sich redet, erzählt ihm nur

zu gern kleine Geschichten aus ihrem Leben. Erzählt von fernen Orten und aufregenden Begegnungen. Sie spricht von Abenteuer, vom Duft der Freiheit, von der Magie der Liebe.
Beim Klang ihrer Stimme verliert Frederik jedes Gefühl für Zeit und Raum. Er befindet sich mitten in einem Traum. In seinem schönsten Traum. Und Lisa füttert ihn mit roten, reifen Erdbeeren.
„Hm, sind die süß und saftig." Frederik kann nicht genug davon bekommen. „Nie zuvor habe ich etwas Köstlicheres gegessen!"
Angenehm prickelt der leicht saure und doch süße Saft der Frucht der Sinnlichkeit auf seiner Zunge.

Er isst, bis er mehr als nur satt ist. Er hat das Gefühl, nicht einen einzigen Bissen mehr hinunter zu bekommen.
Doch Lisa füttert ihn weiter, immer weiter.
„Iss, Frederik. Diese Früchte geben dir Kraft und Mut. Sie verwandeln dich in den faszinierendsten Ameisenmann unter der Sonne goldener Strahlen! Du wirst sehen! Dann bist du etwas ganz Besonderes! Iss für mich, Frederik."
Lisa findet Gefallen an diesem Spiel. Es gefällt ihr, dass Frederik genau das tut, worum sie ihn bittet. Und Frederik

isst... für Lisa!
Bald schon ist der Regenguss vorüber. Die dicke graue Wolke hat sich verzogen. Schon kitzelt der erste Sonnenstrahl Lisas kleine Nase. Sie schaut zum Himmel und ruft begeistert: „Sieh nur Frederik, ein Regenbogen.“ Direkt über ihnen schillert dieses farbenprächtige Wunder der Natur.
„Wow!“ staunt Frederik, von der Schönheit dieser Erscheinung überwältigt.
„Komm! Nun komm schon, Frederik!“ Schnell greift Lisa nach seiner Hand, zieht ihn zu sich und tanzt mit ihm.

Sie tanzt mit ihm in der Mitte des Regenbogens...

So etwas Berauschendes hat Frederik noch nie erlebt. Er fühlt sich sooo frei...
Spürt das Abenteuer in jeder Faser seines kleinen Ameisenkörpers. Lisa singt für ihn. Sie singt das Lied des Windes. Diese betörenden Klänge, die Frederiks Herz berühren. Und er tanzt mit Lisa im Regenbogen. Tanzt und tanzt und tanzt.
Und die Welt tanzt mit ihnen. Die Sonne, die Wolken, der Wald, ja selbst die Vögel in den Baumkronen wiegen sich im Rhythmus zu Lisas Gesang.
Sie tanzen und tanzen und tanzen..., bis der Regenbogen am Horizont entschwindet.

Lied des Windes...

An einen Freund, der keiner war:
Staunend noch
blickst du in die Wunde,
die man in deine Seele schlug.
Noch spürst du ihn nicht
den Schmerz,
der aufbäumend sich in dir erbricht
und mit gierigem Maul
all deine Hoffnung zerfrisst...

Frederik bekommt mit einem Male heftiges Bauchweh. Übelkeit steigt in ihm hoch. Hat er doch viel zu viele Früchte gegessen. Mit schmerzverzerrtem Gesicht legt er sich zum Ausruhen auf den weichen Boden. Lisa schaut auf ihn herab. Und sieht ihn plötzlich so seltsam an. Dieser Blick...- so hat sie ihn noch nie angesehen. Ihre Augen wirken sehr dunkel.

„Lass uns aufbrechen!“ sagt sie bestimmend. „Ich will jetzt gehen. Es gibt noch so viele Abenteuer, die auf mich warten.“

„Ich kann jetzt nicht gehen, Lisa. Ich hab` fürchterliches Bauchweh“ stöhnt Frederik.

Aber Lisa schüttelt ungeduldig den Kopf. Ist sie es doch gewohnt, stets und sofort genau das zu tun, was ihr gerade in den Sinn kommt.

„Ich mag dich, Frederik. Du kannst mich gern begleiten! ...doch wenn du dich lieber ausruhen möchtest, so gehe ich

meinen Weg allein weiter."
Ungläubig schaut Frederik zu ihr auf. „Bitte Lisa,... warte auf mich! Nur einen kurzen Moment...! Sobald es mir etwas besser geht, ziehen wir weiter."
Lisa schaut ihn mit kalten zusammengekniffenen Augen an.
„Ich lasse mich von niemandem aufhalten. Auch nicht von dir."
„Du lässt mich im Stich?" Frederik ist verwirrt. „Hast du denn kein Mitgefühl?"
Lisa beugt sich zu ihm herab. Frederik schaut sie flehend an. Doch was er in ihren Augen sieht, lässt ihn frieren. Dieser Blick! Eine Mischung aus Mitleid, Spott und Verachtung ...
Sie lacht bitter: „So ist das Leben! Jeder ist nur für sich selbst verantwortlich. Nimm es nicht so tragisch! Leb` wohl, Frederik!"
Kraftlos sinkt sein Kopf zu Boden. Tief in seiner Brust spürt er ihn schon, den Schmerz. Und mit diesem Schmerz zieht eine kalte Leere durch ihn hindurch.
„Lisa...!" ruft Frederik noch einmal.
Lisa winkt ihm noch ein letztes Mal und geht, ohne sich nach ihm umzublicken...
Sie geht und singt das Lied des Windes:

„Wind- komm! Spiel mit mir!
Lass mich deinen Atem spüren!
Trag mich fort! Ich flieg mit dir!
Ich will tanzen- du wirst mich führen!
Ich vertrau dir- spiel` das Spiel mit Wonne
im strahlenden Licht der nie verglühenden Sonne!“

Noch lange hallt der betörenden Klang ihrer glockenhellen Stimme in Frederiks Ohr.
Mit zartem rötlichem Glanz verabschiedet sich auch die Abendsonne. Zieht ihren letzten wärmenden Strahl ein und bettet sich im Schatten des Mondes zur Ruh`.

Es wird Nacht...

Wernie

Frederik geht es schlecht, sehr schlecht. Er hat schlimmes Bauchweh. Das schlimmste, das er jemals hatte. Und er ist allein, ganz allein. Er hat Angst, ist traurig und verletzt. Bei jedem Pulsschlag bekommt sein kleines Herz einen schmerzhaften Schluckauf.

„Was soll ich nur tun?“ jammert Frederik. „Ich bin krank, ich weiß nicht, aus welcher Richtung ich kam, oder wohin ich gehen soll. Ich bin verloren!“

Plötzlich hört er ein leises Kichern. „Funkelt da nicht auch ein winzig kleines Licht?!“ Angestrengt versucht Frederik, mit seinen Augen die schwarze Tiefe der Nacht zu durchdringen.

„Wer ist da?“ ruft Frederik ängstlich in die Dunkelheit. Vor Entsetzen bekommt er eine Gänsehaut. Sämtliche Haare stehen ihm zu Berge.

Da vernimmt er dicht neben seinem Ohr ein feines Stimmchen: „Ach du Ärmster! Liegst hier ganz allein in tiefschwarzer Nacht und bedauerst dich? Hast du dich verlaufen?“

Frederik ist noch immer unheimlich zu Mute. Mit zittriger Stimme ruft er: „Wer bist du?“

„Oh, wie ungehobelt von mir. Darf ich mich vorstellen. Ich

bin Wernie, das Glühwürmchen."
Frederik sieht das Glühwürmchen mit angstweiten, großen Augen an.
„Warum verhöhnst du mich? Bin ich nicht schon genug bestraft?"
„Vor mir musst du dich nicht fürchten", spricht Wernie in sanftem Ton: „Du siehst schrecklich aus! Was ist dir denn zugestoßen? Vielleicht kann ich dir helfen!"
„Niemand kann mir helfen!" jammert Frederik. „Auch du nicht."
Wernie lacht leise vor sich hin. „So, so. Dir kann also niemand helfen? He! Bist du etwa ganz allein auf der Welt?"
„Ja...ich bin allein. Ganz allein. Alles habe ich verloren. Ich bin verloren!"
„Oje! Du hast dich verloren?! Nun gut, somit ich hab dich jetzt gefunden" kichert Wernie. „Und nun komm, erzähl schon!"
Zögern beginnt Frederik mit seiner Geschichte.
Er erzählt dem kleinen Glühwürmchen von Marie und von seinen Kindern. Er sieht sie vor sich, schlafend. Und er sieht sich, leise wie ein Dieb aus dem Haus schleichend.
„Ich habe mich nicht einmal von ihnen verabschiedet!" Wehmütig denkt er an ihre gemeinsame Zeit zurück.
Er erzählt auch von Lisa. Von ihrem betörenden Gesang. Von ihren unglaublichen Geschichten. Und er erzählt von der Sehnsucht in seinem Herzen. Dieses merkwürdige Ziehen und Kribbeln, das ihn in manchen Augenblicken

befällt, wenn er in die Ferne schaut.
Andächtig lauscht Wernie Frederiks tragischer Erzählung. „Auwei! Du hast ja ziemlichen Ameisenmist verbockt!" Mitfühlend sieht Wernie Frederik an.
„Ja, ja! Der Reiz des Neuen...
Manchmal wird er zu einer übergroßen Versuchung. Oft wissen wir das Glück, das wir in der Hand halten, nicht mehr zu schätzen. Es erscheint uns blass und glanzlos", hört Frederik Wernie sagen.
„Du Frederik, hattest alles, was eine Ameise sich vom Leben wünschen kann. Doch all das musstest du erst verlieren, um zu erkennen, wie reich du warst."
Frederiks Augen füllen sich mit Tränen, während Wernie weiter spricht.
„Aber glaube mir, nichts im Leben geschieht ohne besonderen Grund." Wernie seufzt leicht auf. „Jetzt kennst du den Schmerz und die Demütigung des Verrates, weil du selbst verraten wurdest."
Frederik fühlt sich so elend, wie sich eine kleine Ameise nur fühlen kann.
„Das hilft mir jetzt auch nicht weiter...", erwidert Frederik mutlos. „ Lass mich einfach hier liegen und verspotte mich nicht!"
„Ich verspotte dich nicht, Frederik. Ich kann verstehen, wie dir zu Mute ist. Wir alle machen Fehler. Wir verletzen die, die uns am meisten lieben."
„Wernie, du scheinst sehr weise zu sein... Sag mir, warum

hat Lisa mich im Stich gelassen?"
„Tja..." Wernie schaut suchend in die Finsternis, bevor er erneut zu sprechen beginnt. „Warum hast du deine Marie im Stich gelassen? Eitelkeit? Selbstsucht? Egoismus?"
„Aber das..., das kann man doch nicht vergleichen! Marie und ich, wir sind uns so vertraut. Doch spüre ich dieses Kribbeln nicht mehr. Mit Lisa ist das anders. Lisa sprach von der Magie der Liebe."
„Pff" schnauft Wernie. „Worte! Worte sind flüchtig Gesellen. Nun, vielleicht kann Lisa das Wort „L-I-E-B-E" vorwärts, möglicherweise sogar rückwärts buchstabieren. Vielleicht kennt ihr Kopf die Bedeutung des Wortes. Ihr Herz jedoch kennt sie leider nicht."
„Aber..." wollte Frederik einwerfen. Doch Wernie schneidet ihm mit einer energischen Geste das Wort ab.
„Frederik glaube mir. Auch wenn Lisa sehr gebildet ist. Was ihr fehlt ist etwas sehr, sehr Wichtiges. Man nennt es Herzensbildung. Lisa ist tief in ihrem Inneren eine einsame und traurige kleine Ameisendame. Du kannst nichts für sie tun. Und nun quäl` dich nicht weiter. Hör auf zu grübeln."
Nun ist es Frederiks Blick, der ratlos und traurig die Dunkelheit durchbohrt.
„Wie soll ich das Grübeln abstellen? Die Erinnerungen sind das Einzige, was mir noch bleibt."
„Erinnerungen sind wichtig! Sie helfen uns, unseren Platz im Leben zu finden. Und sie bewahren uns davor, so manchen Fehler ein zweites Mal zu begehen. Denk nach,

Frederik! Wer steht dir zur Seite, wenn dich die Stürme des Lebens aus dem Gleichgewicht bringen? Lisa sicher nicht. Ihr Handeln ist durch und durch eigennützig."
Wernie hat Mitleid mit Frederik, weil der so verloren und hilflos wirkt.
„Wenn du jedoch nach Hause möchtest, so kann ich dir helfen. Aber musst du es von ganzem Herzen wollen."
Lange schaut Frederik stumm in die Schwärze der Nacht. Da funkelt plötzlich über ihm ein heller, strahlender Stern. Er leuchtet heller als all die anderen Sterne. Er schien ihm zuzuwinken. Eine Sehnsucht erwacht in seinem Herzen. Die Sehnsucht nach Marie.
„Ja! Doch! Ich möchte nach Hause. Ich möchte zurück zu Marie. Und zu meinen Kindern. Bitte! Hilf mir Wernie!"
Wernie betrachtet aufmerksam die Sterne über ihm. Fast so, als stünde dort oben die Lösung für Frederiks Kummer. Frederik hält gespannt den Atem an. Nach endlos langen, quälenden Minuten beginnt Wernie zu sprechen. „Der Rückweg ist schwer und gefährlich. Du bist der Verblendung gefolgt und hast dich schon weit von deiner Familie entfernt. Jetzt darfst du keine Zeit mehr verlieren."
„Ich tue alles, wenn ich nur zu meiner Familie zurückfinde!" ruft Frederik mit neu aufkeimender Hoffnung in der Stimme.
„Sag mir bitte, was ich tun muss!"
„Zuerst" sagt Wernie, „musst Du das Tal der Illusionen durchwandern. Doch gib Ach!!!

Du darfst nicht stehen bleiben ... und mit niemandem reden. Sonst bist du für immer im Tal der Illusionen gefangen und wirst deine Familie nie wieder sehen."
Bei dem Gedanken an seine Familie dringt ein tiefer Seufzer aus Frederiks Kehle.
„Alles", spricht Wernie weiter, „Alles was du dort siehst, ist Täuschung. Lass dich nicht blenden!
Hast du das Tal der Illusionen durchquert, so kommst du zum See der Hoffnungslosigkeit."

„See der Hoffnungslosigkeit?" fragt Frederik bange. Dabei läuft es ihm kalt den Rücken hinunter. Denn Ameisen hassen nichts mehr auf der Welt als zu schwimmen.
„Ja!" sagt Wernie ernst. „Du musst ihn durchschwimmen. Einen anderen Weg zurück gibt es nicht. Doch gib Acht!!!"
Bei diesen Worten schaut Wernie Frederik eindringlich an. „Die Strömung der Verzweiflung ist mächtig und heimtükkisch. Sie wird versuchen, dich nach unten zu ziehen. Schwimm mit ganzer Kraft und behalt den Kopf über Wasser."
Frederik nickt ergriffen und versucht, sich jedes einzelne Wort genau einzuprägen.
„Hast du dann den See der Hoffnungslosigkeit durchschwommen", fährt Wernie fort: „So erblickst du vor dir das Gebirge des Vergebens. Dort, auf dem höchsten Berg

wächst die Blume der Hoffnung. Grab sie aus! Befreie sie aus dem Gestein der Eitelkeit. Behüte sie und sorge für sie. Pass auf, dass sie nicht verwelkt und pflanze sie im Garten der Liebe ein.
Doch..." Wernie sieht Frederik besorgt in die Augen. „Doch gib Acht!!! Du musst die Blume der Hoffnung finden, noch ehe sie voll erblüht ist. Verdorrt sie in deinen Händen, so zerbricht dein Glück erneut."
Für einen kurzen Augenblick zögert Wernie. Dann greift er an das Ende seines Körpers. „Hier Frederik, nimm mein Licht. Es ist ein besonderes Licht. Es ist das Licht der Erkenntnis. Es wird dich führen und dir den richtigen Weg zeigen! Setz das Licht der Erkenntnis an der Stelle ab, an der die Blume der Hoffnung wächst. Von dort an wirst du deinen Weg allein finden."
Behutsam hält Frederik das Licht der Erkenntnis wie einen kostbaren Schatz in seinen Händen.
„Ich gebe dir noch einen letzten Rat" spricht Wernie weiter. „Das Glück, das du suchst, findest du in deinem eigenen Herzen und du kannst es in den Augen derer sehen, die dich liebhaben. Läufst du jedoch vor deinen Ängsten davon, wirst du sehr schnell von ihnen eingeholt. Denn unsere Ängste haben Flügel, die tausendfach schneller sind als unsere Füße. Und bei allem was du auch tust, halte dir eines stets vor Augen: Feigheit, Lüge und Verrat sind sehr schlechte Ratgeber."
Beschämt senkt Frederik bei Wernies Worten den Kopf.

„Denk daran! Dann wird alles gut. Und nun geh! Los! Beeile dich!“ Mit diesen Worten verlässt ihn das Glühwürmchen.
„Danke, Wernie!“ ruft Frederik in die Finsternis. „Das werde ich dir nie vergessen. Solltest du mal in Not geraten, so bin ich für dich da!“

Doch Wernie ist bereits im Dunkel der Nacht entschwunden.

Licht der Erkenntnis

Zeit tröpfelt,
rieselt
verrinnt,
wie Sand in meiner Lebensuhr.
Du fehlst...
in jedem Atemzug,
in jedem Lidschlag
fühl ich dich
in mir,
spür` deine Wärme,
dein Strahlen
wie goldglänzender Sternenstaub
in meiner Lebensuhr

Staunend blickt Frederik in diese kleine funkelnde Lichtquelle in seinen Händen. Ihm ist, als würde er tief in sein kleines Ameisenherz schauen.

„Bin ich wach oder träume ich das alles nur? Marie! Meine liebe Marie! Ich kann sie sehen. Fast so, als würde sie vor mir stehen. Wartet sie auf mich? Da sind ja auch meine Kinder! Vermissen sie mich? Was hab ich getan? Wie konnte ich meine Familie im Stich lassen?“

Traurigkeit hüllt ihn ein wie ein schwarzes schweres Tuch. Schmerzliche kleine Stiche durchzucken sein Ameisenherz. Niedergeschlagen schließt er seine brennenden Augen.

Doch selbst mit geschlossenen Augen sieht er seine Familie vor sich. Tief hat sich das Bild zerbrochenen Glücks in Frederiks Seele eingebrannt.

Eine Träne löst sich aus seinem Augenwinkel...
Eilig rappelt sich Frederik hoch und bricht auf. Das Licht der Erkenntnis leuchtet ihm den Weg aus dem Dunkel der Nacht.

Noch immer
spürst du das Band,
das uns verbindet,
dich wärmt, dich hält,
wenn im Winter der Berührungen
in deinem Herzen
die Eisblumen wachsen.
Noch immer
spürst du die Vertrautheit
zärtlich gelebter Zeit,
auch wenn der kalte Hauch des Winters
Eiskristalle schneit.

Tal der Illusionen

Bei Tagesanbruch erreicht er das Tal der Illusionen. Zunächst sieht dieses Tal ganz harmlos aus. Friedlich fast liegt es Frederik zu Füßen. Frederik sieht vier verschiedene Wege vor sich. Einer führt nach Osten, einer nach Westen, der dritte nach Süden und der letzte nach Norden. An den Rändern dieser Wege wachsen kleine, merkwürdig aussehende Gesträuche.

„Welchen Weg soll ich wählen? In welche Richtung soll ich gehen?“ fragt sich Frederik unsicher. Er wählt den breitesten der Wege, der in Richtung Süden führt.

Kaum hat er einen Fuß auf den Boden des Tals der Illusionen gesetzt, beginnen die Sträucher an den Wegrändern zu wachsen. Sie wachsen in die Höhe und breiten sich auch quer über den Weg aus. Gleichzeitig legt sich dikker, undurchdringlicher Nebel in dem Tal aus. Wie ein dichter Schleier legt sich dieser graue Nebel vor Frederiks Augen. Bald schon kann er nicht mehr die Finger an seinem ausgestreckten Arm sehen. Frederik spürt ein warnendes Kribbeln im Nacken.

„ Was hat das zu bedeuten? Was ist hier los? Wie soll ich jemals den Heimweg finden, wenn ich nicht einmal die Hand vor den Augen sehe?“

Indes überwuchert das Gestrüpp den Weg restlos. Bizarre Gewächse türmen sich neben und über Frederik auf. Beim näheren Betrachten sieht Frederik lange spitze Stacheln am Gesträuch rings um ihn. Ihm schaudert. Der Angstschweiß

tritt ihm ins Gesicht.
„Wenn ich hier stehen bleibe, bin ich in wenigen Augenblicken zugewachsen. Ich muss vorwärts!"
Nach wenigen Schritten vernimmt er den hellen Gesang, der ihn so sehr an das Klingen von tausend kleinen Glöckchen erinnert. „Lisa..., sie ist hier! Es ist ihre Stimme."
Wie durch Zauberhand lichtet sich der Dschungel des Geästes. Der Nebel hebt sich und gibt für wenige Meter die Sicht frei.
„Da!" Nur einen Steinwurf von ihm entfernt, sieht er sie tanzen.
„Frederik! Hier bin ich! Komm, tanz mit mir!" Frederiks Schritte werden langsamer.
„Frederik! Wo willst du hin? Komm! Komm zu mir! Ich warte schon so lange auf dich!"
Nur zögernd setzt Frederik einen Fuß vor den anderen. „Sie singt soo schön...und sie tanzt so faszinierend. Mit ihr ist alles so herrlich unbeschwert, so neu und aufregend."
In seiner sensiblen Nase spürt er wieder den Duft der Freiheit und dieses einzigartig sinnliche Aroma, den Duft frischer Erdbeeren. Das Wasser läuft ihm im Mund zusammen.
„Denk daran! Im Tal der Illusionen ist alles Täuschung. Du darfst nicht stehen bleiben!", hört er die warnende Stimme seines nächtlichen Freundes sagen. Doch schon wieder vernimmt er Lisas lockende Rufe: „Frederik! Komm, tanz mit

mir! Tanz mit mir im Regenbogen! Folge dem Klang meines Liedes! Ich singe es nur für dich!“ Und Lisa singt das Lied des Windes.

„Wind- komm! Spiel mit mir!
Lass mich deinen Atem spüren!
Trag mich fort! Ich flieg mit dir!
Ich will tanzen- du wirst mich führen!“

...

Diese betörenden Klänge. Schon einmal ist Frederik ihnen verfallen.
„Frederik! Bleib hier, bleib bei mir!“
Seine Füße werden immer schwerer. Kaum kann er sie noch vom Boden heben.
„Du wirst den Heimweg nicht finden! Die spitzen Dornen des Gestrüpps werden dich verletzen. Sei nicht dumm! Bleib` hier, Frederik!“
Wie gebannt starrt er auf das Bildnis Lisas. Sie wirft ihr goldenes Haar zurück, so dass es wie Seide an ihrem kleinen Ameisenkörper entlang gleitet.
Fieberhaft rasen Gedanken und Bilder durch seinen Kopf. Lisa, wie sie ihn mit Erdbeeren füttert. Ihr Lachen, das Lied des Windes, der Tanz im Regenbogen.
Plötzlich hört er aus der entgegengesetzten Richtung des Tals eine zweite, ihm sehr vertraute Stimme. Die Stimme Maries. Auch sie ruft nach ihm. „Frederik! Frederik!“

Erfreut schaut Frederik sich um.
Wieder lüftet sich wie durch Geisterhand das bizarre Gestrüpp, der Nebel hebt sich und gibt den Blick auf eine kleine Stelle im Tal der Illusionen frei. Nun kann er sie sehen. Marie. Sie winkt ihm zu. Doch dann verfinstert sich ihr Blick. Er hört sie vorwurfsvoll sagen: „Du hast uns im Stich gelassen! Mich ... und die Kinder. Dein Versprechen hast du gebrochen. Das Versprechen, das wir uns beide gaben. Hast du es vergessen, Frederik? Ich will dich nie wieder sehen! Wir wollen dich nie wieder sehen, Frederik! Leb wohl!“
Mit diesen harten Worten wendet sich Marie von ihm ab. Frederiks Herz krampft sich zusammen, bekommt wieder diesen schmerzlichen Schluckauf. Angst kriecht durch seinen Bauch.
„Nein!“ ruft Frederik unglücklich. „Nein! Ich habe unser Versprechen nicht vergessen. Nichts habe ich vergessen. Ich war nur...krank. Ja! Dumm und verblendet. Vielleicht bin ich es immer noch. So ein bisschen. Aber ich komme zurück zu dir. Und ich werde alles tun, um deine Liebe und dein Vertrauen zurück zu gewinnen.“
Doch schon hüllt der Nebel das Bild Maries in sich ein. Frederik kann sie nicht mehr sehen. Er sieht nichts mehr im dichten Schleier des Nebels. Nichts, außer die spitzen Dornen, die sich wie Splitter in seine Haut einritzen. Es sind die Splitter der Sehnsucht.
Der Zweifel nagt an ihm. „Was, wenn Marie mich wieder

fort schickt? Dann bin ich ganz allein. Kann sie mir überhaupt verzeihen? Vielleicht sollte ich lieber hier bei Lisa bleiben."

Wieder dringen Wernie` s Worte an sein Ohr: „Alles im Tal der Illusion ist Täuschung! Hör auf dein Herz!"

Erstaunt sieht sich Frederik um. Das Glühwürmchen jedoch kann er nirgendwo entdecken.

„Wernie!" ruft Frederik. „Ich habe solche Angst, etwas Falsches zu tun. Was, wenn ich Marie wieder verletze? Was, wenn wieder eine Lisa auftaucht? Werde ich dann stark genug sein und bei Marie bleiben?"

„Oje oje" spricht das Glühwürmchen mit leichtem Ärger in der Stimme. „Aus Fehlern kann man lernen. Hast du nichts gelernt? Bist du etwa ein Narr? Eine dumme kleine Ameise, die ihr Glück nicht verdient?"

„Wernie! Bitte sag mir, wird Marie mir verzeihen? Vielleicht ist der ganze Kampf umsonst."

„Feigheit ist ein schlechter Ratgeber!" hört er Wernie flüstern. „Ob Marie dir verzeiht...? Die Antwort findest du in deinem Herzen!"

Eilig, aber noch immer von Selbstzweifeln und Selbstmitleid geplagt geht Frederik weiter. Er läuft so schnell ihn seine kleinen müden Ameisenbeinchen tragen. Trotzdem kommt er kaum vorwärts. Eine unsichtbare Kraft zieht ihn mal in die eine, und dann wieder in die andere Richtung. Lange, sehr lange hält ihn das Tal der Illusionen fest.

Doch Frederik gibt nicht auf. Er hält sich die Ohren zu, um

Lisas Gesang nicht mehr zu hören.

Er läuft und läuft, bis er das Tal der Illusionen endlich durchschritten hat.

See der Hoffnungslosigkeit

Nun steht er vor dem See der Hoffnungslosigkeit. Angefüllt mit den Tränen der Verlorenheit spuckt er sein nasses Dasein in Frederiks Gesicht. Gefährlich zischen die Wellen auf der Strömung der Verzweiflung. Ängstlich bleibt Frederik stehen. „Brrr... soviel Wasser! Wie um alles in der Welt soll ich da hinüber kommen?"

Er blickt zurück zum Tal der Illusionen.

„Vielleicht sollte ich...? Nein! Ich bin nicht feige. Ich kann es schaffen! Ich schwimme jetzt durch diesen See!"

Wagemutig stürzt sich Frederik in die kalten, tobenden Wellen. Kaum im Wasser, spürt er einen gewaltigen Sog.

Immer wieder packt ihn die Strömung der Verzweiflung. Sie klammert sich an seinen kleinen Ameisenbeinen fest und droht, ihn hinab zu ziehen, in die dunklen Tiefen des Sees.

„Ich muss dagegen ankämpfen. Ich will Marie und meine Kinder wieder sehen."

Er schwimmt mit ganzer Kraft. Schwimmt und schwimmt um sein Leben. Selbst im tobenden Rauschen der Fluten hört er Lisas betörenden Gesang. Wellen der Verzweiflung schlagen über ihm zusammen, nehmen ihm die Luft zum Atmen. Versperren ihm die Sicht auf das rettende Ufer. Bald schon weiß er nicht mehr, in welche Richtung er schwimmen muss.

Doch Frederik schwimmt. Er denkt ganz fest an Marie und hält seinen Kopf so weit wie möglich über Wasser. Seine

Kräfte jedoch lassen mehr und mehr nach. So sehr er auch dagegen anschwimmt, immer wieder zieht ihn die Strömung der Verzweiflung in die Mitte des Sees zurück. Frederik verschluckt sich an den Tränen der Verzweiflung, hustet, verschluckt sich erneut, hustet wieder. Das Atmen fällt ihm immer schwerer.

Traurig denkt Frederik an seine Familie.

„Wir werden uns nie wieder sehen. Ich habe keine Kraft mehr. Ich kann mich nicht mehr lange über Wasser halten. Bitte verzeiht mir! Ich habe euch lieb...!"

Mit einem Male spürt er, seine Beine sind wieder frei. „Hat die Strömung der Verzweiflung den Kampf aufgegeben?"

Hat der See der Hoffnungslosigkeit keine Macht mehr über Frederik?

Eine riesige Welle packt ihn, hebt ihn hoch hinaus und spuckt Frederik mit einer gewaltigen Kraft ans Ufer. Wie betäubt bleibt er einen Augenblick liegen und ringt nach Atem...

Hilflos
verhallen meine Rufe
an der Mauer deines Stolzes
Sonne
verglüht am Horizont,
Nacht
bricht herein
Hilflos
auch du
hinter der Mauer deines Stolzes

Gebirge des Vergebens

Nachdem sein Atem sich etwas beruhigt hat, öffnet Frederik die Augen. Über sich blickt er in einen wolkenverhangenen Himmel.

„Ich hab` s geschafft!“ denkt er erleichtert. „Ich habe den See der Hoffnungslosigkeit hinter mir.“

Erst auf den zweiten Blick sieht er über seinem Kopf ein riesiges Gebirge. Stein auf Stein türmt es sich auf bis zu den Wolken, bis zum Himmel empor.

„Oje, oje! Nicht einmal die Spitze kann ich erkennen. Das muss es sein, das Gebirge des Vergebens. Nun darf ich keine Zeit verlieren.“ Frederik rappelt sich auf. „Ich muss die Blume der Hoffnung finden, noch ehe sie voll erblüht ist.“

Tapfer beginnt er den mühevollen Aufstieg.

Kaum hat er den ersten Berg erklommen, sieht er seine Kinder. Sie toben, lachen und raufen ... und stören seine Ruhe. Dabei braucht er diese Ruhe zum Nachdenken. Unmut kriecht in ihm hoch. Dieser Unmut wächst und wächst, steigert sich zum Ärger. Sein Blut gerät in Wallung.

„Ständig wollen sie irgendetwas anderes. Papa! Spiel` mit uns! Papa! Lies uns eine Geschichte vor! Papa! Papa! Papa!“

Dann jedoch sieht er seine Rasselbande, friedlich schlafend in ihren Betten liegend.

„Nein, meine Kinder wollen mich nicht absichtlich verärgern. Es sind liebe Kinder. Etwas wild vielleicht. Sie sind, wie Kinder eben sind. Sie lachen, toben und raufen auch mal.“

Da durchflutet ihn ein warmer Hauch der Zuneigung und sein Herz öffnet sich. Frederik vergibt seinen Kindern ihre manchmal argen und übermütigen Streiche. Neue Kraft stärkt Frederiks müde Glieder. Unermüdlich klettert er weiter.

Auf der Spitze des zweiten Berges sieht er Marie vor sich. Sie bereitet das Abendessen zu.

„Pellkartoffel- immer wieder Pellkartoffel. Pellkartoffeln mit Löwenzahn. Tag ein, Tag aus!“

Wieder spürt er dieses wütende Grummeln in seinem Bauch. Doch dann erinnert sich Frederik.

„Ich selbst bat Marie einst darum, mir möglichst oft mein Lieblingsessen zu kochen. Und das ist nun mal Pellkartoffel mit Löwenzahn. Niemand kann so gut kochen, wie Marie...! Ich selbst habe kein anderes Gemüse in meinem Garten gepflanzt, als Kartoffeln und Löwenzahn. Wie konnte ich das nur vergessen?“

Da vernimmt er leise eine wunderschöne Melodie.

„Marie! Sie spielt auf ihrem Schneidegrashalm. Nur sie kann einem einfachen Grashalm diese Töne entlocken. Klänge, die Herzen zum Klingen bringen, die meine Seele tief berühren. War ich traurig, hat sie mich mit ihrer Musik aufgeheitert. War ich mutlos, so hat sie mich wieder aufgerichtet.“

Eine heiße Welle der Liebe, Bewunderung und Achtung für Marie lässt sein Herz schneller schlagen. Die Erinnerung an seine Frau hüllt ihn zärtlich ein. Da vergibt er auch Marie.

Vergibt ihr, dass sie seinen Wunsch nach Abwechslung nicht gespürt hat.
Beharrlich besteigt er den nächsten Berg. Hier überrascht ihn die Erinnerung an Lisa. Noch einmal lauscht er dem Klang ihrer hellen Stimme. Erinnert sich an ihre Worte.
Viele schöne und schmeichelnde Worte über Abenteuer, Freiheit und ...Liebe.
„Viel hat sie mir versprochen. Doch als ich ihre Hilfe brauchte, hat sie mich im Stich gelassen. Krank und allein ließ sie mich in tiefschwarzer Nacht zurück."
„Jeder ist nur für sich selbst verantwortlich!" hört er sie sagen. Da ballt sich heftige Wut zu einem gewaltigen Klumpen in seinem kleinen Ameisenbauch zusammen.
In diesem Augenblick erkennt Frederik: „Liebe und Verantwortung gehören zusammen! Das Eine kann ohne das Andere nicht überleben! Es ist wie mit dem wärmenden Feuer in kalten Winternächten. Ein einzelner Holzspan kann wohl brennen, jedoch spendet er kaum Wärme. Und legt man kein Holz nach, so brennt das Feuer im Nu nieder! Doch selbst viele Holzscheite wärmen nicht, solange die Flamme des Feuers nicht an ihnen züngelt. Holz und Flamme müssen einander nähren, füreinander da sein. Nur dann kann aus beidem ein beständiges Feuer werden."
Da wird Frederik deutlich bewusst: „Lisa hat mich nicht geliebt. Ich war für sie einfach nur ein neues Spielzeug. Zuerst interessant und aufregend. Doch dann..."
Empörung und unbändige Wut steigt ihm in den Hals em-

por, bis er fast daran erstickt. Doch dann sieht er diesen Ausdruck in Lisas Augen...

Einsamkeit und Traurigkeit liegen in ihrem Blick. „Es gibt niemanden, der sie liebt hat. Und es gibt keinen, den sie liebt. Zu groß ist ihre Angst, jemanden in ihr Herz blicken zu lassen. Deshalb ist sie ganz allein auf der Welt."

Im selben Moment erkennt Frederik „Freiheit und Einsamkeit liegen sehr dicht beieinander."

„Ihr fehlt es an Herzensbildung." hört er seinen Freund Wernie sagen.

Eine Welle tiefen Mitgefühls durchströmt Frederik und löst den Klumpen Wut in seinem Hals auf. Jetzt kann Frederik wieder frei atmen. In diesem Augenblick kann er Lisa vergeben.

Die Odyssee` jedoch ist noch lange nicht beendet. Vor Frederik türmt sich ein weiterer Gipfel auf.

Der vierte Berg ist zugleich der höchste Berg vom Gebirge des Vergebens. Weit reckt sich seine Spitze zu den Wolken empor. Müde beginnt Frederik den Aufstieg.

Augenblicklich wallen Schuldgefühle in ihm auf. Heiß durchziehen Wellen der Scham und der Reue Frederiks kleinen Körper.

„Ich hab meine Familie im Stich gelassen. Feige hab ich mich davon geschlichen, ohne ein Wort der Erklärung. Ich habe Marie sehr, sehr wehgetan. Wie konnte das geschehen? Früher..., ja da konnten wir uns Tag und Nacht von unseren Träume erzählen, bis sie zum Greifen nahe schie-

nen. Wir träumten denselben Traum."
Langsam rinnt eine einsame salzige Träne über Frederiks Wange. „Wann hat das Schweigen begonnen, sich zwischen uns drängen? Weshalb nur haben wir es zugelassen, dass die Sprachlosigkeit die Farben unsere Träume frisst? Marie trägt keine Schuld. Ich, ich bin es, der die Worte aus Bequemlichkeit und Feigheit runterschluckt."
Und Frederik erkennt: „Miteinander reden schafft Vertrautheit zwischen zwei Ameisen. Aus Vertrauen wächst Achtung. Und aus Achtung wächst Harmonie. Ungesagte Worte zerstören mehr, als offene Worte der Kritik. Was bin ich doch für eine dumme kleine Ameise! Und so anmaßend, selbstherrlich und undankbar."
Frederik fühlt, wie aufrichtige Reue gleich einer heilenden Medizin in seinem Herzen Einzug hält. Und er fasst einen klugen Entschluss: „Niemals wieder werde ich vor Problemen davonlaufen." Und endlich, nun endlich kann Frederik auch sich selbst verzeihen.
Erschöpft, doch mit leichtem Herzen erreicht Frederik die Spitze des höchsten Berges.

Blume der Hoffnung

Ein Pflänzchen erblüht,
wenn du es pflegst,
mit Liebe umgibst
und achtsam hegst.

Doch lässt du` s im Stich,
gehst einfach fort
wirst du es niemals blühen sehn.
Das Pflänzchen verkümmert -
verdorrt!

Da sieht er sie, die Blume der Hoffnung. Noch ist sie nicht voll erblüht. Klein ist sie, zart und zerbrechlich. Emsig beginnt er mit seinen kleinen Ameisenhänden zu graben.

Hart, sehr hart ist das Gestein der Eitelkeit im Gebirge des Vergebens. Seine Finger sind bereits wund und schmerzen, als plötzlich der felsige Boden nachgibt. So schnell er kann, befreit Frederik die Blume der Hoffnung aus ihrem steinigen Gefängnis. Überglücklich hält er das kleine Pflänzchen in seinen zerschundenen Händen.
„Die Blume der Hoffnung! Wie zart sie ist. Und wie schön. Unglaublich, dass dieses kleine Pflänzchen in diesem harten Gestein überleben konnte.
Nun muss ich schnell den Garten der Liebe finden.“

Suchend blickt er um sich. „Wo soll ich ihn nur suchen, den Garten der Liebe? Woran erkenne ich ihn?"
Weit in der Ferne funkelt ein kleines Licht.
„Krabbelhausen- das muss Krabbelhausen sein, meine Heimat", ruft Frederik erfreut aus.
Ohne sich eine Pause zu gönnen, beginnt er den Abstieg. Kaum hat Frederik das Gebirge des Vergebens hinter sich gelassen, welkt das Pflänzchen, es verdorrt geradezu in seinen Händen.
Frederik kämpft sich Meter um Meter vorwärts, dabei kann er sich kaum mehr auf den Beinen halten.
Nahe, sehr nahe schon sieht er die Grenze von Krabbelhausen. Sieht seinen Gemüsegarten. Und dahinter seinen geliebten Ameisenhügel. Doch Frederik kann nicht weiter. Seine Beinchen versagen ihm den Dienst. Kraftlos bricht er zusammen. Dabei hält er das zerbrechliche Blümchen schützend in seinen Händen. Er spürt, wie die Lebenskraft aus diesem zerbrechlichen Pflänzchen schwindet.
In gleichem Maße rinnt auch die Hoffnung aus seinem Herzen. „Ich schaffe es nicht. Die Blume der Hoffnung verdorrt, und ich kann nichts dagegen tun."
Behutsam und zärtlich drückt er das sterbende Blümchen an sein Herz. Die Welt verschwimmt vor seinen Augen und löst sich in ihm auf. Tränen der Verzweiflung und der Traurigkeit hinterlassen eine feuchte Spur auf seinem kleinen Ameisengesicht, bevor die Tränen auf die Kelchblätter der Blume der Hoffnung tropfen. Neues Leben erwacht in

diesem kostbaren Gewächs,

... doch Frederik sieht es nicht mehr.

Im Garten meiner Träume
gehst Du
ein und aus,
pflückst
die Schönste aller Blumen,
täglich neu
und
doch so vertraut
öffne ich
dir
den Garten meiner Träume

In Krabbelhausen

> ***Im Winter meines Herzen suche ich…***
> ***nach dir!***
> ***Berühre Deine Spuren,***
> ***die,***
> ***noch warm im tiefen Schnee.***
> ***Atme***
> ***atme***
> ***deinen flüchtigen Duft.***
> ***Seh´ in der Ferne noch deinen Schatten***
> ***und gehe den Weg,***
> ***den Weg zu dir***
> ***den Weg zu mir***
> ***den Weg zu uns!***

Wie jeden Abend seit Frederiks plötzlichem Verschwinden, geht Marie an den Rand von Krabbelhausen. Dort hat sie ein kleines Lämpchen aufgestellt. Sie überzeugt sich davon, dass das Licht nicht erloschen ist.
„Wie soll sich Frederik zurückfinden, wenn es dunkel ist?" Anfangs hat sich Marie gesorgt.
„Niemals würde Frederik mich und die Kleinen im Stich lassen und ohne ein Wort davonlaufen! Etwas Schreckliches muss ihm zugestoßen sein."
Sie hatte ihn gesucht, in seinem Gemüsegarten und auf seinem Lieblingshügel. Hier träumten sie früher, sahen gemeinsam die Sonne untergehen. Erzählten sich ihre Träume im nächtlichen Licht der funkelnden Sterne. Gern hätte sie ihn auch im Wald gesucht, doch was sollte dann

aus ihren Kindern werden? Sie konnte ihre Kleinen nicht im Stich lassen. So sehr sie Frederik auch liebte.
„Gerade jetzt muss ich stark sein,...für meine, für unsere Kinder. Jeden Abend fragen sie nach Frederik. Weshalb er ihnen keine Gute-Nachtgeschichte vorliest, und wann er wieder bei ihnen ist. Doch was soll ich ihnen darauf nur antworten?“ denkt Marie bekümmert.
In diesen Augenblicken hat sie das Gefühl, das ganze gewaltige Universum fällt auf sie herab und begräbt sie unter seinen kalten Trümmern. Nichts scheint mehr einen Sinn zu haben, seit Frederik fort ist.
Je länger Frederik verschwunden blieb, umso nachdenklicher wurde Marie.
„Traurig war er, als ich ihn das letzte Mal sah. So gern möchte ich wieder mit ihm lachen. Wann haben wir aufgehört, gemeinsam zu träumen. Wann hat sich der Mantel des Schweigens um uns gelegt und unsere Sinne zugedeckt? Wir hätten nicht zulassen dürfen, dass das triste Grau des Alltags die Farben unserer Träume stiehlt!“
Wenn sie ihre Augen ganz fest schließt, sieht sie Frederik vor sich. Wie er mit den Kindern spielt, sein Lachen, wenn er ihr tief in die Augen schaut und sie übermütig auf seinen Armen herumwirbelt.
„Er fehlt mir mit jeder Stunde mehr.“ denkt Marie traurig.
Da beschließt sie, die Hoffnung nicht aufzugeben.
„Ich werde für ihn da sein, wenn er mich braucht.“
So kam es, dass Marie, wie jeden Abend, auch heute nach

Frederik Ausschau hält. Sie setzt sich auf einen kleinen Kieselstein, sucht sich einen saftig- grünen Grashalm und spielt. Sie spielt Frederiks Lieblingsmelodie. In diesen Momenten scheint die Natur den Atem anzuhalten.
Andächtig lauschen die Tiere des Waldes diesen zauberhaften Klängen. Marie verabschiedet die untergehende Sonne.
„Liebe Sonne, du siehst alles auf deiner Reise durch die Stunden des Tages. Bitte beschütze Frederik...! Und gib ihm mit deinen wärmenden Strahlen einen Kuss von mir."
Langsam senkt sich die Sonne hinter der Hügelspitze.
Stunde der Dämmerung. Bald würde Marie ihre Wünsche und Hoffnungen zu Frederik in die Fremde schicken. Marie spielt weiter. Klänge der Hoffnung und der Traurigkeit schwängern die kühler werdende Abendluft. Marie spielt, bis der Mond aufgegangen ist.
Auch zu ihm spricht sie: „Lieber Mond, du erleuchtest die Nacht und durchdringst selbst die tiefste Dunkelheit. Bitte beschütze auch du meinen Liebsten. Bewache seine Träume, ...und sende ihm einen lieben Gruß von mir."
Wie auch an den vergangenen Abenden spürt sie die Sehnsucht nach Frederik in jedem Winkel ihres Herzens. Heute jedoch ist irgendetwas anders. Fast körperlich fühlt Marie Frederiks Nähe. Mit all ihren Sinnen erspürt sie die Geräusche der Finsternis. Ein leichter Windhauch streichelt tröstend über Maries Haar.
„Wind! Lieber Wind! Vagabund der Lüfte! Hast Du etwas von Frederik gehört? Wie geht's ihm?"

„Schwschwwchw" antwortet der Wind mit einem Flüstern.
„Ach Frederik..., wo steckst du nur?"
Da hört sie ein leises, verzweifeltes Schluchzen. Wie aus weiter Ferne trägt der Wind dieses Geräusch zu ihr. „Frederik?" ruft Marie aus. „Frederik! Ich höre seine Stimme. Da! Dieses leise Wimmern! Oder träume ich? Nein, das ist keine Täuschung! Frederik! Ist er zurück?" Aufgeregt lauscht Marie. „Er liegt hier irgendwo und braucht meine Hilfe!"
Da besinnt sie sich.
Schnell läuft Marie nach Hause, ruft nach Felix und Susi, holt Frederiks alte Gemüsekarre.
„Kinder! Kommt schnell! Ihr müsst mir helfen."
Und sie laufen, so schnell ihre Füße sie tragen. Alle drei eilen in die Richtung, aus der Marie vor wenigen Augenblicken das Schluchzen vernommen hatte...

Du fehlst
im warmen Abendlicht
der verglühenden Sonne
Du fehlst
im blühenden Garten
meiner Träume
Traurig
atme ich dich
mit dem kühlen Nachtwind
in mich ein...

Frederik hockt am Boden.
Zerschunden, mutlos und weinend hält er die Blume der Hoffnung in seinen Händen.
So finden sie ihn. Zu Dritt heben sie Frederik auf seinen Gemüsekarren und bringen ihn nach Hause.
„Die Blume der Hoffnung! Sie ist schon fast verwelkt!" flüstert er mit letzter Kraft. „Ich muss den Garten der Liebe finden und sie dort einpflanzen. Sonst ist alles verloren."
Behutsam nimmt ihm Marie das kraftlose Pflänzchen aus den Händen. Sie setzt es vor ihrem Schlafzimmerfenster in die feucht- warme Erde. Hier hat Flo, die Babyameise, erst vor wenigen Stunden ein kleines Loch gebuddelt. Sein erstes eigenes Ameisenloch. In eben jenes Loch passen haargenau die Wurzeln der Blume der Hoffnung.
Frederik indes ist völlig erschöpft eingeschlafen. Marie, Felix und Susi aber sind in dieser Nacht noch lange wach. Die Kinder sind glücklich und aufgekratzt. An Schlaf ist noch lange nicht zu denken. Nur das Baby Flo schläft tief und fest.

Frederik schläft die ganze Nacht und verschläft fast den nächsten Tag.
Erst am späten Nachmittag wacht er auf. Jäh fährt ihm der Schreck in die Glieder.
„Die Blume der Hoffnung! Ich muss den Garten der Liebe finden, um sie dort einzugraben."
Er springt aus dem Bett. Stolpert über seine eigenen Füße.

Stößt sich den Kopf am Türrahmen.

„Hoffentlich ist es noch nicht zu spät...!“ In heller Aufregung läuft Frederik aus dem Haus.

Garten der Liebe

Da sieht er sie. Direkt unter dem Fenster seines Schlafzimmers! Die Blume der Hoffnung. Sie ist erblüht!

In voller Pracht und atemberaubender Schönheit streckt sie ihre Blüte der untergehenden Sonne entgegen.

Ergriffen geht Frederik in die Knie.

„Hier also ist der Garten der Liebe!"

Tränen der Dankbarkeit rinnen aus seinen Augen. Er spürt Maries Hand auf seinen Schultern.

„Verzeih mir, bitte!" flüstert Frederik.

Tief schaut er in Maries Augen und sieht darin Verständnis und Liebe. Und er sieht diesen längst vergessenen Glanz. Dieses Funkeln und Glitzern. Sternenstaub.

Marie nimmt Frederiks Hand und so laufen sie gemeinsam zum kleinen Hügel am Rande von Krabbelhausen.

Frederik traut seinen Augen nicht. Am Fuße des Hügels sieht er ein frisch angelegtes Beet. Und in der Mitte dieses kleinen Beetes rekelt ein winziges Erdbeerpflänzchen sein grünes Kleid gen Himmel, dem rotschimmernden Abendlicht entgegen.

Überrascht blickt Frederik Marie an.

Sie lächelt ihm liebevoll zu. „Den kleinen Spross fand ich in deiner Jacke. Die Kinder und ich, wir haben ihn letzte Nacht hier eingepflanzt.

„Das ist eine Erdbeerpflanze“ will Frederik Marie erklären.
„Ich weiß!“ spricht Marie: „Vor langer Zeit einmal bin ich durch den Wald gegangen. Die Neugierde hatte mich gepackt. Ich wollte wissen, was hinter diesem Wäldchen kommt. Ob die Welt dort wirklich zu Ende ist. Da kam ich an eine sonnenüberflutete Lichtung. Dort gab es eine Stelle, ein Beet, auf dem diesen Pflanzen wuchsen. Sie trugen köstliche blutrote Beeren. Nie zuvor habe ich etwas derart Köstliches gegessen.“
„Davon hast du mir nie erzählt.“ staunt Frederik und spricht glücklich lachend weiter.
„In wenigen Wochen wird auch dieser kleine Sprössling herrliche Früchte tragen. Erdbeeren - das sind die Früchte der Sinnlichkeit. Leuchtend rot sind sie, süß im Geschmack und doch von angenehmer Säure, saftig und doch fest im Biss.“
Marie lächelt ihrem Frederik verschmitzt zu.
„Es ist Zeit für eine kleine Abwechslung auf unserem Speiseplan. Oder was meinst du, Frederik?“
Frederik ist sprachlos. Er nimmt Marie ganz fest in den Arm. „Du hast mir so sehr gefehlt! Das Glück, das ich suchte, hielt ich die ganze Zeit in meiner Hand. Marie, ich lasse dich nie wieder im Stich!“ verspricht er ihr leise. „Freiheit bedeutet auch Einsamkeit. Das habe ich jetzt begriffen.“
Marie schaut Frederik lange, sehr lange an.
„Nein!“ spricht sie leise. „Nur wer die Liebe in seinem Herzen trägt, der ist wirklich frei! Und wer liebt, wird nie-

mals einsam sein."
Verträumt schauen sie zum Gipfel des kleinen Hügels, ihres Lieblingshügels. Der Ort, an dem sie sich zum ersten Mal begegnet sind.
„Ohhh…! Marie, sieh nur! Dort!"
Über ihnen erscheint im Glanz der untergehenden Sonne ein wunderschöner, leuchtender Regenbogen.

„Komm!" Marie nimmt zärtlich Frederiks Hand und...

Beide tanzen im Regenbogen!

Freiheit ohne Liebe macht einsam.
Liebe ohne Freiheit erdrückt.
Gefühl und Vertrauen im Herzen gesät,
das ist der Schlüssel zum Glück…

An die Frederiks, Maries und die Lisas

Dieses Buch ist all denen gewidmet, die auf der Suche nach dem Sinn ihres Daseins sind. Sich auf die Suche nach immer neuen Abenteuern begeben haben und auf dieser Suche vielleicht zu sich selbst finden.
Es ist eine Geschichte über die Sehnsucht, die in unseren Herzen wohnt. Dieses „Sehnen", das uns drängt, neue Wege zu beschreiten. Und die „Sucht", die uns manchmal dazu treibt, gerade die zu verletzen und von uns zu stoßen, die uns lieben.
Es ist all denen gewidmet, die noch immer im Tal der Illusionen gefangen sind. Und jenen, die den Garten der Liebe bereits gefunden haben. Denn dies ist der Ort, an dem jeder von uns seinen Platz im Leben findet.

Diese Geschichte ist für all die „Lisas", die nicht den Mut haben, der Liebe die Hand zu reichen, aus Angst, verletzt zu werden. Aber auch für die Frederiks und Maries unter uns, die ihre Träume nicht verloren haben, Fehler begehen, um daraus zu lernen und dennoch den Mut aufbringen, den Weg mit jemandem gemeinsam zu gehen. Die bereit sind, an Wunder zu glauben und zu verzeihen. Wenn wir uns in Liebe die Hand reichen und den Glanz, den Sternenstaub in den Augen der Menschen sehen, dann sind wir auf dem richtigen Weg.

Dieses Buch möchte alle beglückwünschen, die, so wie Marie, ihren Weg kennen und ihn gehen, ohne zu zweifeln.

In deren Herzen Hoffnung und Vertrauen tief verwurzelt sind.

Denn sie sind es, die den Garten der Liebe in sich tragen.

Nur wer die Liebe in seinem Herzen trägt...
ist wirklich frei!